CHOLERA MORBUS

Uma aragem de flor e incenso

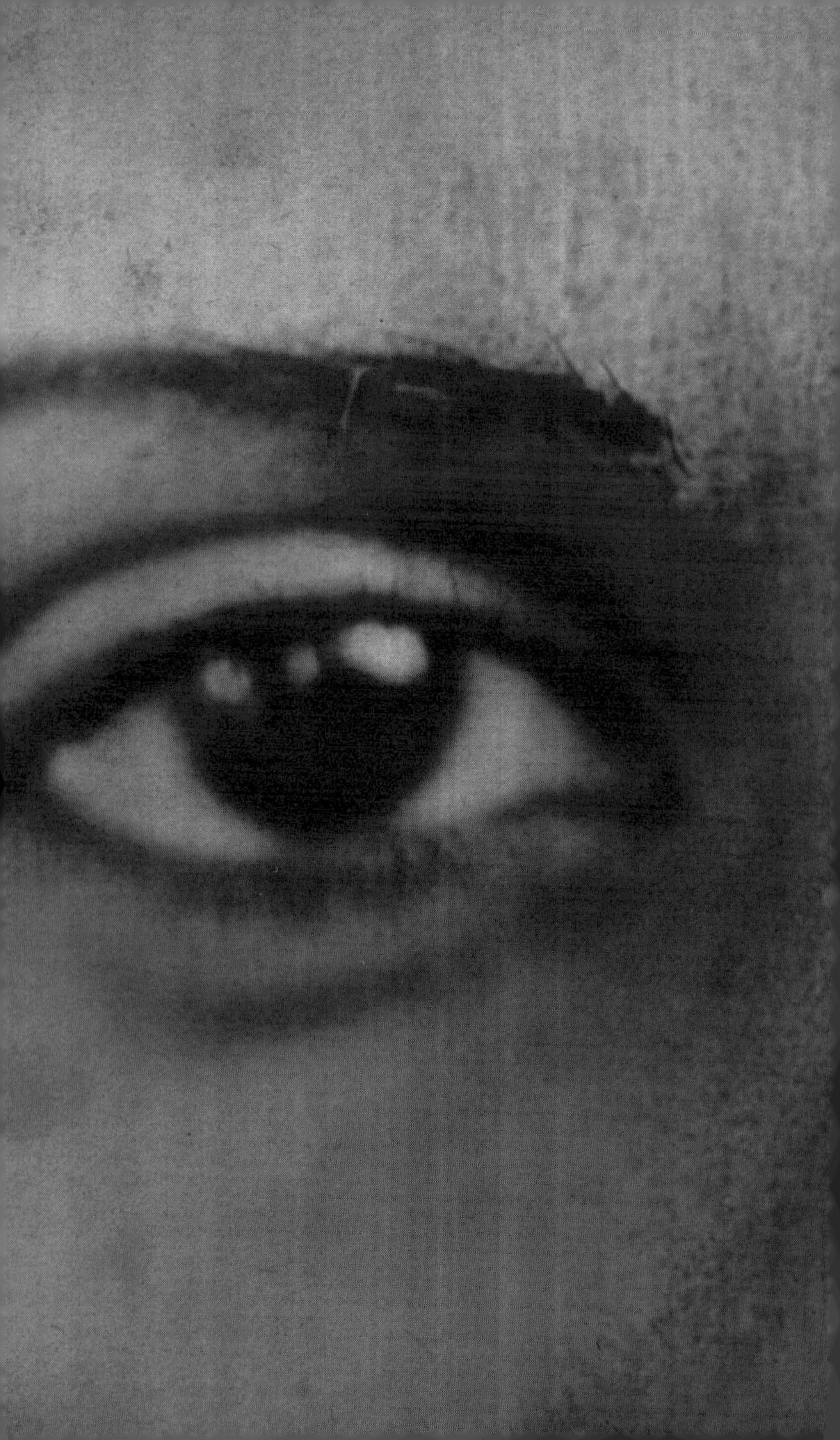

CHOLERA MORBUS

Uma aragem de flor e incenso

SEVERO BRUDZINSKI

KOTTER EDITORIAL

Coordenador Editorial
Sálvio Nienkötter

Editor-executivo
Daniel Osiecki

Editor-adjunto
Claudecir de Oliveira Rocha

Capa
Paula Villa Nova

Imagens da capa
Estilização a partir de filmes de Mário Peixoto e de Luis Buñuel

Design Editorial
Andre Luiz C. Mendes

Produção
Cristiane Luiza Nienkötter

Revisão
Daniel Osiecki

Dados Internacionais de Catalogação na Publicação (CIP)
Angélica Ilacqua – CRB-8/7057

B913c Brudzinski, Severo

Cholera Morbus: uma aragem de flor e incenso / Severo Brudzinski – 1 ed. – Curitiba : Kotter Editorial, 2024

76p.

ISBN 978-65-5361-279-2

1.Ficção brasileira I. Título

24-1294 CDD B869.3

Kotter Editorial **1ª Edição | 2024**
Rua das Cerejeiras, 194
82700-510 | Curitiba/PR
+55 41 3585-5161 | www.kotter.com.br | contato@kotter.com.br

Eu só conheço
Esse caminho
Do Paraíso

***O Paraíso*, Madredeus.**

Túnel entre nuvens. Luz difusa.

Parafuso trinca, quebra e rasga-me a perna. Os nacos caem às engrenagens e se moem. Minha carne viva, esfarelando no metal dentado. Não. É engano. É carne de outro, persona que contemplo. Um outro que sou eu, mas não sou. Vá explicar!

Nem dor, nem ideia concreta. É cedo.

A realidade se estabelece aos poucos. Céu, chão, rio, mar, sol. Então, cidade antiga, cais, castelos, caminhos de pedra.

Na panturrilha, a pele se une como se nunca rompida. Vertigem. Em resposta, mais força nos pedais.

Rio como se a alegria fosse minha. Mas não, eu sei, não sou assim, sou outro. É de outro o olhar no espelho da farmácia, não meu. Onde os olhos baços de todos os dias? A bicicleta? O vento no rosto? O segredo me escapa. Tudo é fresco, inclusive a conversão. Mas por que tão longe? Não há resposta. Seja como for é com essa máscara dourada que adentro à Rua das Janelas Verdes.

Mais intenso, mais veloz. A bomba cardíaca, frenética, aguenta. Aguenta mais, eu sei. Aguenta tudo.

Mais força! Mais força! Mais rápido! Súbito, um grito: Ladrão!

Alguém para? Nem eu. Mas a sugestão fica: ser um ladrão, um assassino. Um maldito que tortura, que espanca, que trucida. Uma besta que talha as carnes e as transforma em pasta crua, ração para gatos. Dor e sofrimento pelas mãos que agarram a máquina primária que segue no sentido inverso da Arsenal.

Urbe triste. Onde os comensais da cidade antiga? Me irrita a carreira sem plateia, sem o olho que aprecia ou reprova. Sinto falta do outro, de outros. Sozinho, me resta diminuir a marcha e admirar as redondezas.

Nas ruas estreitas o casario deixa ver as entranhas. Portas e janelas abertas ao proveito das brisas. Boa ideia. Melhor matar o bolor. Daqui a pouco, inverno.

Tenho vontade de parar e adentrar às casas, saber como se vive aqui, como se dá o arranjo das coisas. As louças, os livros, as roupas de baixo. Quem sabe se lá dentro não saltam dos fornos pães e delícias gratinadas? Café! Quente, intenso. Um grão de fora. Do Brasil, quem sabe? Mas a máquina não para. O motor não para. E o motor sou eu.

Sol a pino, cidade vazia.

Próximo da câmara municipal, o paraíso. A dona tem olhos castanhos e cabelos pretos. Lábios roxos, olheiras profundas. Fino entalhe do nariz e das sobrancelhas. Boca e queixo delicados e proeminentes. Que encanto o azul das veias nas pernas à mostra. Pés descalços, soltos, lépidos. Um caminhar fresco, indócil. No sorriso, uma promessa.

O vestido leve, um trapo vermelho, esvoaça na brisa.

Então é disso que se trata: chafurdar entre as coxas de uma rapariga de aluguel?

Duas voltas. Medito e avalio, cobiçando.

Ela propõe um brinquedo. Levanta a saia um pouco, mais um pouco e um pouco mais, até mostrar a prenda. Vista a recompensa, apresenta-se o herói: Você fala brasileiro?

Falo. Sou fluente. Queres que fale apenas brasileiro?

Não conheço outra língua.

Então, que assim seja. Todos falaremos brasileiro.

...

...

Me conhece? Sabe quem eu sou?

Não.

Ótimo!

...

Carona?

Pensei que não ia oferecer, gajo.

Sobe, mas senta no cano que a garupa é perigosa.

É evidente a armadilha. Quero-a perto para sentir-lhe o perfume, o hálito. Vez por outra, roçar-lhe o corpo.

Ela sobe e se ajeita. Dos cabelos, a aragem de flor e incenso me arrebata.

Mas já aqui no meio da rua? Não se pode. Acabamos na mão do chefe da milícia. Espera ao menos chegarmos a um beco, reclama a tipa.

Sorrio sem jeito, mas ardendo. Ardendo e fazendo-a sentir a vontade de partilhar-lhe a cama, trespassá-la, suar com ela.

Tonto! Assim me espeta, brinca a gaiata. Agora vamos. E em silêncio, ordena.

Fúria nos pedais que movem rodas dentadas que estalam corrente que tenciona raios e aros que forçam os pneus no pavimento. Revolução. O engenho ganha terreno.

Primeira vez em Lisboa?, quer saber a outra num sotaque delicioso.

Sim.

Então vai precisar de guia. Digo que encontrou a pessoa certa.

Ótimo! Gostei de você.

Gostou? Que refresca gostar ou não?

Não se importa?

Nada, até atrapalha. Ai, ai. Homens e suas sentimentalidades. Prefiro que não me goste.

Que seja. Não gosto mais. O que eu quero, você sabe.

Ai, Jesus! Cada coisa ao seu tempo. Segue em frente que aviso do caminho.

Fico quieto e pedalo, mas querendo deitá-la na rua. Possuí-la ali mesmo no chão. Morder-lhe os lábios, os seios, as ancas. Contudo, não se pode. Alguém deve girar as rodas.

Tantas cidades numa só. Casas, largos, ruínas. Também avenidas e prédios de vidro. Pontes de pedra, pontes de aço. Portas, torres, castelos. Muralhas.

Quem o inimigo para tantas cicatrizes na paisagem?

Ela tem os olhos loucos. Observa tudo, reconhece cada esquina. Nos lábios, um sorriso grato, amplo.

Como é bela. Como a quero.

Finalmente um comando: Direita. Então, ladeira abaixo chegamos a uma praça com barracas e cheiro de fritura. Ao fundo, o rio e suas velas.

No local, de tudo um pouco: máscaras de carnaval, pistolas, faiança, tubos de ensaio, animais empalhados, lunetas, cachimbos e por aí vai.

Sem aviso, a dona salta para o chão e me arrasta pelo mercado. É tarde. Se ordena finja-se de morto, faço melhor, dou-me um tiro na cabeça.

Cruzamos a feira chegando a um conjunto isolado de mesas. O garçom se apresenta. Ser estranho de bigodinho canalha e careca luzidia, disfarçada ridiculamente por longos fiapos levados de um lado a outro da cabeça pelo milagre da pomada fixadora. Além disso, olhos empapuçados de sapo bêbado, nariz petulante, boca mole e sexuada. Vestindo camisa, colete e gravata, pergunta: O que vai ser para o casal?

Uma porção de ovos verdes, ela sugere.

Porção de ovos verdes, confirmo.

C'est fini, monsieur, nos avisa o atendente enfatizando a sentença com um movimento estravagante da cabeça maquiada.

Açorda de mariscos?

Açorda de mariscos.

Non, non.

Caldo verde?

Caldo verde.

Saiu do *menu, monsieur.*

Sardinhas na brasa?

Sardinhas na brasa.

Il ne reste aucun morceau.

Cozido lisboeta?

Cozido lisboeta.

Non.

Bacalhau à Brás?

Bacalhau à Brás.

La réponse est définitivement non!

...

...

...

O que é que tem, Jacques?, explode a pequena.

Cheeseburguer.

Cheeseburguer?

Oui, madame.

Muito bem. Traz um pra ele.

E para beber?

Vinho Verde? Porto? Madeira?

Non.

Ginjinha, nem pensar.

Exactement! Coca-Cola?

Que seja.

O garçom sai.

Escuta!

Escuto, torna a dona, coquete.

É que não aguento mais.

Deixe ver, diz ela, esgueirando a mão entre os panos. É mesmo. Vai rebentar, constata.

Podemos ir agora?

Espera. Acalme-se. Come primeiro, depois vamos.

Voilà, anuncia o atendente, colocando uma travessa coberta sobre a mesa.

Retirada a tampa, o que se vê é massa indistinta de bolor.

Que queres, infeliz? Roubar-me o noivo?, intima a garota lançando o prato ao chão que, ao espatifar-se, faz saltar do meio dos pães enorme aranha marrom-avermelhada. Descoberta, a assassina fica imóvel, examinando o lugar. Depois, antevendo a morte certa por sapato, vassoura ou chinelo, corre pelo passeio até encontrar um vão entre as pedras, onde se aloja.

Diante do arabesco, a moça investe contra o garçom que, submisso, toma tapas de mão aberta na cara, sem reagir.

Ai, Juju! Por que me trata assim?, reclama o outro de joelhos, com as mãos juntas e crispadas.

Por quê? Ainda pergunta? Porque usa sempre o mesmo esquema, Jacques. Porque está sempre a estragar meus negócios. Já falei que não tem mais nada aqui pra ti, seu velho ridículo. Toma!

Ela carrega nos tapas de modo brutal. Golpes sincopados, à plena carga. Então, culminando a tortura, crava-lhe as unhas na careca.

Putain!, grita o supliciado.

Bouffon! Tas de merde!, torna a ferina.

De uma dobra no vestido surge navalha de aço com cabo em madrepérola. A mão vai ao céu antes de cada golpe. Dois, paralelos, cirúrgicos. Um olho vasa, o outro, quase.

Ela gargalha em triunfo enquanto o atendente se arrasta para detrás do balcão, gemendo.

Queria tomar meu homem? Recebeu o que merece, sentencia a rameira cuspindo no chão e devolvendo a arma ao esconderijo.

De volta à mesa, determina: É hora! Vamos antes que a cheguem os bófias.

Se eu não for, o quê? Vou acabar como ele?

Pra ti só os carinhos mais secretos, *mon chéri*.

É doida mesmo, mas eu gosto, penso, enquanto agarro-lhe a mão gelada e disparamos.

Já com a bicicleta em movimento, peço um norte.

Cruza a Praça do Comércio por ali e pega a Ribeira das Naus. Vai!

A máquina se desloca, ganha a rua e segue mais e mais rápido sobre os paralelepípedos. O rio à esquerda, os palácios à direita. Depois, meia volta, asfalto e prédios envidraçados. Estar em movimento é estar vivo.

Pedalo sentindo os músculos estalarem para que ela experimente a algazarra nos cabelos. Em transe, a bela sussurra frases desconexas: Língua tua na minha boca. Gira, gira, gira. Fugi da terra úmida pra vida. Viva!, e explode num riso alto.

Sinto minha face deformar e sorrir pelos modos da outra que, de tão doidivanas, canta.

Arrebatado, forço os pedais e, súbito, me encaixo nela. A dama interrompe a balada e lança-me um olhar malicioso. Perdida a vergonha, acaricio-a como posso.

Estou morta, pá! Não percebes?

Não respondo. Afinal, de certa forma, estamos na mesma.

Há muito saímos das avenidas. Agora é um sobe-desce de miolo de bairro. Não sei se é o cansaço, mas tudo parece o mesmo, velho e encardido.

Vira aqui. Duas pra baixo.

A rua se estreita até mal dar passagem ao guidão. Sigo lento para não derrubar a bonita que passou do escândalo das árias burlescas a um silêncio devotado.

Na quadra, todas as portas e janelas dão para o beco. Seguimos pela rua, mas é como se estivéssemos dentro das casas, das vidas, sentindo o cheiro das pessoas: ecos de mães ralhando com a prole, discussões alcoólicas, rodas de carteado e risarada.

Fiz minha clientela nesse bairro, revela Juju. Aqui era a casa da modista. Para.

Paro. Ela desmonta e se acerca da entrada de um pardieiro.

Eu encosto e espio a imagem se formando em meio ao abandono: mulher encurvada sobre o tampo de uma mesa de pinho. A tesoura desliza pela linha traçada a giz, separando duas partes da mesma peça: Aqui uma gola. Lá, um barrete.

O pensamento da modista se propaga em ondas. O mantra que repete: Marca aqui, corta lá, confunde-me o juízo como se fossem minhas as palavras. Dou um passo atrás para retomar o controle, mas sigo observando.

Um homem cruza a cena, calado. Não sei o que pensa, não sei quem é. Não me importa saber. Meninas, outra mulher; caladas. A que costura se acerca ainda mais do tampo e começa a unir as partes. Na imagem, cintila o ofício. O foco principal da narrativa é a linha e a agulha que juntam os cortes do tecido.

Juju se desespera: Daqui a pouco todos vão ficar azuis, esqueléticos e empilhados. Empilhados.

Esperamos e nada. A mulher segue em sua lida: agulha, linha, tecido, dedal, volta, nó, tecido... Morosa, cumpre o laboro na paz dos empenhados.

O que é, Juju? O que vai acontecer?

Não sei. Não sei.

De repente, gritos. Depois, confusão, correria. Arrancar de cabelos, choro.

Abraça-me, ela pede.

A envolvo. Por um instante a excitação que me move, vacila. Chego a ser terno. Momento seguinte a higidez nos separa. Ela se afasta, indicando: Ali a casa do ferreiro, venha.

Se não visse com meus olhos a aparição da costureira, pensaria que Juju era doidinha. Mas que nada, logo escuto o tinir do martelo na bigorna. Ao aproximamo-nos, eis o braseiro suspenso e o fole movido por um garoto apático a avivar as chamas. Ao lado da forja, o ogro trabalha. O malho sobe e desce sobre uma argola de metal em brasa. Observando bem, nota-se que não se trata de argola, mas de algema. O aço deforma a cada golpe, revelando aos poucos o aparato que manterá alguém fora das ruas, dos campos e do vento. Culpado ou inocente, a prisão é garantida.

O suor corre na testa do homem de braços grossos e encardidos e pinga sobre o metal cálido. O garoto aviva o lume enquanto o monstro torna a peça ao fogo. Sobem vagalumes faiscantes. A algema regressa à bigorna e novamente ouve-se o tinir característico.

Juju chama a atenção para a casa ao lado. Outro pardieiro com duas feiosas à porta. As mulheres estão excessivamente pintadas e com os seios de fora.

Vivi aqui por um tempo, diz ela, se entregando à contemplação muda do interior cheio de escombros. Silêncio.

Houve risos e dias felizes, mas sofri muito nesse buraco.

Quer entrar?

Não.

...

Quando amanheceu, agarraram-me as canelas e os punhos e deitaram-me sobre os outros, no meio da rua. Precisavam limpar a cama e trocar o lençol pra outra trabalhar. Afinal, o lupanar mais ordinário do Campo de Ourique até Alfama não podia fechar as portas, mesmo na peste. Não vou entrar, gajo. Saí pra sempre e não volto mais. Agora estou livre. Venha, deixe isso pra lá. Não vale a pena.

Seguimos adiante por meia quadra de casebres toscos até nos deparamos com outro ainda mais ruído.

As fundações dessa casa são do tempo de Dom Sebastião[1], orgulha-se Juju, ao que respondo com o sorriso de quem ignora do que se trata.

A garota bate à porta. Nada. Outra vez. Nada. Começo a ficar impaciente e sugiro irmos embora.

Acalme-se.

Ela tenta novamente. Então, se achegam passos ressabiados. Quem é?, ouvimos num sussurro

Sou eu, madame Zeneida. Juju da Rua do Ouro.

A porta se abre dois dedos. Um olho azul salta na réstia.

Quem é esse contigo, Juju?

Meu noivo, madame.

Súbito, braços cautelosos nos puxam para dentro. A porta se fecha.

Perdoem-me o mal jeito, mas nos dias de hoje, não se pode abrir a casa para qualquer um, diz a senhora num sotaque todo riscado de consoantes duras. Venham, vamos lá para os fundos, convida, iluminando o caminho com uma lamparina à óleo.

O lugar está mais para depósito do que casa de família: venezianas cerradas e mobília coberta por todo tipo de trapo.

Não se incomodem com a bagunça, meus filhos. Estou a conservar tudo para dias melhores.

E eles virão, madame. Eles virão, bajula a outra.

Eu sei, eu sei. Virão por certo, minha querida, torna a senhora seguindo pelo corredor entre os móveis.

Apesar da luz inconstante da lamparina é possível observar nas paredes muitos desenhos esquemáticos e retratos de eminentes. Algumas das artes tenho a impressão de já ter visto em algum lugar, mas no geral, mistério.

Em frente chegamos a um cômodo amplo e iluminado. Uma cozinha que também serve de dormitório e gabinete. A quantidade de livros e pergaminhos sobre as bancadas atestam a erudição da moradora. Na escrivaninha ao lado da janela, confirmando a tese da sapiência, repousa enorme quantidade de cadernos de nota, folhas avulsas, tinta e penas.

Peço que me desculpem o alvoroço. É que estou a refletir sobre as grandes almas do passado, meu tema preferido, comenta nossa anfitriã.

Por um instante trocamos sorrisos tímidos e olhares desconfiados, até que a mulher espanta o embaraço: Em que posso ser útil, crianças? Vieram pelo haxixe?

Madame Zeneida é uma névoa delicada e intransponível. Seus olhos hipnóticos boiam no mar rugoso da face. Nariz e lábios são harmônicos. Sob o lenço escuro com temas orientais que lhe guarda a cabeça, advinham-se longos cabelos grisalhos presos num coque. A altura é mediana. Nem gorda nem magra, robusta. Veste lã escura na saia, meias e casaco. Levando-se em conta os traços característicos do rosto é evidente que não pertence a essa terra.

Estou a mostrar a cidade ao meu noivo, madame. Pensei em apresentar-lhe uns conhecidos.

Fez bem, menina. Fez bem. Percebo que o moço também é de fora. Veio a passeio?

Sim, senhora!

Quem sabe a madame poderia abrir as cartas e ler nossa sorte?, pede Juju.

Claro, menina. Agora, agora?

Agora.

Então sentemos, diz a mulher indicando um conjunto de poltronas e mesa baixa, num dos cantos do aposento.

Já acomodada, a senhorinha tira o baralho de uma dobra da saia. É um tarô derruído e ensebado. Com destreza o embaralha e coloca o monte sobre a mesa.

Corte, Juju.

Juju corta.

Um número.

Cinco.

A mística reflete por um instante e então passa a contar as cartas e dispor algumas sobre a toalha. Ela pousa o maço de lado e avalia calmamente a tiragem à sua frente.

Juju, atenta, sorri briosa.

Madame Zeneida busca uma interpretação cabível, soltando, vez por outra, um e outro murmúrio caricato.

Para Juju nada é engraçado, antes dramático.

O jogo inicia: Vejo um homem neste cavaleiro de paus. Ele virá e a salvará. Vejo uma nova oportunidade, Juju. Do limbo para a rua. Das trevas para o sol. Perceba. Se antes perdida para sempre, vagando ao léu, agora sob a proteção do arcano dezenove. Foste eleita e será feliz. Alcançará tudo que desejas. Mas espere: problemas. Vejo outra mulher. Uma rival. Tenha cuidado. Ela quer levar o cavaleiro para as sombras. Lute por ele. Lute por sua liberdade.

Como é essa mulher, madame?, quer saber a consulente, aflita.

Ela é charmosa, sedutora. Usará todos os artifícios para conseguir o que quer. É forte. Cuidado, pois ela não age com as próprias mãos, mas com os dentes de seus cães de guarda.

O que mais, madame? Não aguento esse suspense.

Este quatro de ouros, sobre o cinco de espadas reforça o que dizem as outras cartas.

O que é?

Haverá um equilíbrio tênue entre o triunfo e a derrota.

Vou vencer?

Tem todas as armas. Só depende de ti, minha filha. Força!

Vou ficar atenta.

Isso. Agora vamos jogar a sorte do seu pretendente. Mas usemos os búzios e os ossos, pois as cartas não servirão para ele.

A mulher recolhe o baralho ao esconderijo e traz à mesa uma tigela de madeira contendo os meios oraculares. Escolhe alguns, chacoalha-os entre as mãos e os lança sobre o pano. A seguir, resmunga frases ininteligíveis durante algum tempo até levantar o indicador e lança-me um olhar maroto.

Mas se já sabe, mesmo que por alto, o que vai acontecer. Para que perder tempo, não é? Vamos tomar chá, que é muito mais divertido, diz a mulher recolhendo os búzios e os ossos e fazendo saltar para a mesa bandeja com um bule fumegante guarnecido de belas xícaras de porcelana.

A infusão é vertida com gentilezas e pausas rituais. Quente e aromática, a mistura inunda o ambiente de bem-aventurança.

Aceitam bolachas? São de amêndoas. Estão deliciosas, oferece a senhora.

Provo do petisco com o chá e no mesmo instante escuto a voz da outra em minha cabeça:

Calma. Relaxe. Vou dar-lhe um conselho e é de graça. Tudo aqui é miragem, quimera, utopia. Mas a ilusão também nos leva além. Se apegue às almas generosas. Juju é uma delas. Tive que contar-lhe uma historinha para que ficasse feliz. E enquanto ela estiver feliz, você estará seguro e no caminho. Ela é sua eleita.

Não sei bem do que a senhora está falando, torno em pensamento.

Ela estreita os olhos, matreira e devolve: Não sabe agora, mas vai saber. O que importa é que em minha casa terá refúgio. Durante todo o tempo estarei contigo. Quanto à Juju, cuide dela.

A senhora percebe que esta conversa não tem nem pé nem cabeça.

Eu sei. É verdade. Deixemos as coisas como estão. Não posso mostrar o que seus olhos não podem ver.

Mais chá?, oferece a mulher aos visitantes.

Muito obrigado, madame. Mas temos que ir, responde minha noivinha.

Tão cedo.

Ficamos gratos pelas bolachas e pela conversa, madame, digo.

Eu sei. Eu sei. Uma dica. Que tal visitar o Convento do Carmo. Juju sabe o trajeto. Agora vão.

O *rouge* na face dos brutamontes é pasta feita de suor, pólvora e sangue. Antes a delicada companhia das rameirinhas, estar ao sol e beber água fresca.

Não vem?
Não. Odeio.
Me espera?
Ela sorri em resposta.

Na coberta do pórtico ogival, afasto as portas vermelhas e já estou dentro.

O olho perambula no imenso vazio que um dia foi a nave principal. Depois, segue os pilares que dividem o recinto. Famílias de colunas sustentando arcos e paredes, aguardando um telhado nunca refeito. Chama a atenção a quantidade de janelas de tamanhos diversos que enquadram o azul da cidade.

No início, pairo imerso naquele cosmo, fora do mundo. Mas logo me acodem as pedras que iniciam relatos ambíguos. Fuxicos sem fim evocando a guerra, o terremoto, o fogo. A invasão do mar, a dor, a morte, a saudade e o abandono.

Não há torres, nem teto. Tudo foi fulminado. Restou carcaça roída sob o céu. Esqueleto de pedra e argamassa.

Entendo Juju e sua repulsa. Aqui perde-se a embriaguez que nos distingue. Somos tomados por pensamentos lúcidos. Isso me incomoda também. Não quero a luz da glória, quero ser outro e sentir o desejo e a vertigem me devorarem a cada instante. Quero a visão turva e a liberdade dos baldios. O resplendor me enerva. Não gosto do que sinto. Preciso ir embora.

Dom Nuno[2]?, ouço.

Ninguém à vista no salão. No entanto, nos fundos do prédio, há uma porta entreaberta. Sigo até lá para ver do que se trata. Todo dia morre um curioso, penso ao cruzar o umbral e contemplar o interior, um aposento com luz suave, filtrada por vitrais coloridos.

No centro da sala está o homem. Um velho de armadura que mal dá conta de erguer os próprios braços cobertos por cotas de malha.

És tu, Dom Nuno?, ele torna.

Não, senhor. Só estou de passagem.

Pena. Há tempos espero Dom Nuno. Ah, Dom Nuno, abandonaste-me. Porque preferiste a vida de monge? Podias conquistar toda península se assim o quisesse, tal era o seu fulgor. És um ladrão?, intima o velho.

Não, senhor.

Que bom. Melhor para as múmias. De qualquer forma o ouro se foi. Não há nada aqui a não ser lembranças.

O senhor quem é?

Quem sou eu? Pergunta difícil. Não tenho certeza. O que importa é que guardo a capela. Mas já fui vencido tantas vezes que não ouso contrapor ninguém. Estou velho. Além do mais o que eu faria com uma espada sem fio nem ponta? Fosse a espada de Dom Nuno, o horror dos castelhanos, mas não, uma lâmina de dar dó. Mal serve para partir um queijo.

A velha fortaleza levanta como pode, se arrasta até uma vigia lateral e grita: Maldito seja Salgueiro Maia[3]!

Depois, torna ao posto, rangendo. Senta, respira, mas segue revoltado: Imagine a petulância. Um filho de ferroviário apontar arma para o líder da nação. É um descalabro, um absurdo. Maldito seja.

Dentro da armadura o corpo frágil arfa e treme.

O senhor se acalme, por favor, peço.

Não é de calma que preciso, meu filho, mas descanso. Estou farto dessa lida. Exausto. Confio no retorno do condestável. Ele voltará e ordenará a troca da guarda, tenho fé. Que importam as relíquias. Eu mesmo sou uma relíquia. Devia estar numa dessas caixas de pedra, fechado para sempre. Em paz.

Num impulso débil o homem chacoalha-se novamente até a vigia e grita para fora numa triste figura: Livra-me, Nun'Álvares! Salva-me desse suplício! Torna à batalha, homem!

Logo, vencido, escorre para o chão.

Maldito Mulei Maluco[4]. Um sem Cristo apontar arma para o rei. Maldito seja, rumina o outro, apático, deitando de lado o chapéu-de--armas e revelando, além das barbas e cabelos longos e grisalhos, os olhos perdidos e a pele castigada. Se em cada ruga um morto, um cemitério em plena face.

Não quebres nada, por favor, pede o sujeito abandonando-se dentro da couraça.

Tenho pena, mas não resta nada a dizer. Saio para as ruas e para o sol.

Fora do convento, Juju me recebe zombeteira: Gostou?

...

O velho lata de sardinha ainda está lá?

...

Trouxe uma lembrança pra mim?

...

Ficou triste?

...

Escuta! Tenho uma ideia maravilhosa pra ti. Quer conhecer o poeta?

Poeta? Poeta de verdade?

É, de verdade.

Por que não? Não conheço nenhum poeta. Seria interessante.

Então vem. Toma a tua máquina e me leva, diz a pequena serpente.

As rodas desembestam por caminhos que desconheço, mas que, tão logo passo, já gosto. Não digo "amo", porque guardo a palavra para a moça dos cabelos perfumados.

No fim da rua, um pequeno largo.

Encosto a bicicleta e sigo com Juju. Ela é linda. Mais que linda, desperta-me um eu oculto, nefasto, sedento. Admirar-lhe as carnes é flertar com a desgraça, sem retorno, eu sei. Tenho medo, mas não paro.

Na fachada, lê-se o nome do estabelecimento escrito em arco: *A Brasileira*. Embaixo, um belo entalhe, sustentado por duas colunas verdes e quadradas, com a imagem de uma figura patriótica a beber café, no centro.

O lugar é aprazível. Espelhos e madeira envernizada por todo lado. Adornos nas pilastras e no teto. Garrafas coloridas nas prateleiras. Bronze aqui e ali. Quadros, pôsteres e outros objetos de arte. Sentamos no salão vazio.

Juju sorri e espera. Eu, impassivo, ressoo os dedos no tampo da mesa. Fosse outra dona, já teria me esticado pelo pescoço, pois não me atrai o chumbo fumegante ou o colapso dos venenos. Antes a vertigem da queda.

Se pelo menos houvessem ponteiros no grande cuco que enfeita o fundo da loja, poderia segui-los, murmurando: Trinta e dois, trinta e três, trinta e sete, morrendo a cada segundo. Mas que nada, Juju está comigo. Estou à salvo.

Não há ninguém. Vamos embora, digo.

Calma, gajo. Já atendem.

No mesmo instante, detrás do balcão surge o *maître: blazer* branco, colete e gravata borboleta.

Senhor, senhora, saúda o homem com voz de barítono.

O cardápio, peço.

Não há cardápio, senhor. Hoje é terça-feira, dia de tripas.

Tripas?

Tripas do mestre Pessoa. Aguarda na mesa ou quer escolher o pedaço?

Queremos escolher o pedaço, confirma Juju, tinindo.

A senhorita passa bem?

Ela não responde, está em choque.

Por aqui, diz o outro indicando a porta dos fundos. Levantamos e o seguimos.

Além da passagem, imensa cozinha. Sobre a bancada de massas, dois operam um terceiro.

Para meu espanto, o objeto da intervenção está completamente vestido. Mal se deram o trabalho de soltar-lhe os botões da camisa. O sangue domina a cena. O doente tem o ventre inchado e parte das vísceras de fora. Os que operam realizam todos os procedimentos sem luvas, máscaras, ou qualquer aparato. Um barbarismo.

Senhor T. e senhora L., acadêmicos, apresenta o *maître*.

Boas tardes.

Boas tardes.

Boa tarde.

Boas tardes.

Mestre Pessoa, anuncia o gerente, retirando o lenço que cobre a face do corpo estendido.

O sujeito, deitado, de óculos e bigodes, lúcido, nos estende a mão: Boas tardes, senhor e senhora. Perdoem-nos o mau jeito. Hoje é dia de tripas e sou eu quem as oferece.

Não se incomode, torno, assombrado.

É o Pessoa, sopra-me a pequena.

Vai experimentar?, questiona o senhor T., com leve sotaque italiano. Se é a primeira vez prove somente uma ponta, senão...

Senão o que?

Se não for do ramo a experiência pode ser perturbadora.

Serve-me uma ponta.

Vai comer!? De verdade!?, se espanta, Juju.

Que mal há? Além disso, foi você quem insistiu para estarmos aqui.

Já resolveu? Que bom. Espere que eu vou lhe mostrar uma tripa que é uma delícia, diz T., enfiando a mão na barriga do operado e retirando um bom tanto de vísceras.

Devagar! Assim vai machucá-lo, berra minha acompanhante em socorro ao poeta.

Não se preocupe, menina. Fique tranquila. Cá estamos para aliviar o sofrimento do mestre, esclarece a senhora L. O moço, nosso amigo, é criativo por demais. Todos os anos é o mesmo: crescem-lhe as tripas e incha-lhe a barriga. A bile ataca o fígado e ele sofre. Assim, é preciso retirar um tanto para que não lhe prejudique a saúde. E para prevenir que não se cometam excessos, incumbi-me a tarefa de fiscal de tripas. Enquanto meu colega opera, fico atenta para garantir que não se retirem demais e restem boas mudas.

Eu já disse ao Pessoa que se publicasse com mais constância as tripas não cresceriam dessa forma, comenta senhor T.

Juju perde a inibição e, indiferente a todos, chega-se ao moribundo: Não lhe dói cortarem as tripas, senhor?

Não. É do meu gosto. Alivia.

Tenho pena. Parece cruel.

Não seja boba, menina. É melhor assim, conforta a senhora L.

Como quer? Fina e malpassada ou grossa e bem passada?, pergunta o homem com as tripas nas mãos.

Fina e malpassada, escolho.

Certeiro, o olho-chibata de Juju me alcança.

O que foi? Quero sentir-lhe o gosto. Não é um poeta? Não se vêm muitos por aí. Eu mesmo não conheço nenhum, pessoalmente. Além do mais, pode ser que a tripa me torne uma pessoa melhor, digo em minha defesa.

Sentem, pede o *maître*, indicando a mesa de serviço.

Sentamos. Delicado, o senhor T. revolve o íntimo do artista. Escolhe uma tripa e corta-lhe um pedaço, colocando a carne crua na baixela, sobre uma folha seca.

Louro para os gases, esclarece.

O *maître* finaliza o prato com vinagre, sal e um fio de azeite.

Eis a tripa, senhor, oferece o homem.

Sem mais, provo da iguaria.

Transição. Chove. Sou outro. Visto sobretudo preto, cinturado. Por baixo, camisa branca e gravata preta. Uso óculos redondos e bigodes. Trago as roupas encharcadas e os pés descalços. Na cabeça um Panamá. Estou em pleno Largo do Chiado, em pé, diante da *Brasileira*. Olho para dentro e lá estou eu, nos fundos, sentado à uma mesa, em transe. Ao meu lado, Juju. Mestre Pessoa mantêm-se na horizontal enquanto os eminentes, T. e L., seguem com o tira-tripas.

Acompanha-me?

O convite vem de uma forma em metal encardido que ocupa a mesa ao lado. Sento na cadeira vaga.

Um expresso?, oferece a estátua.

Enquanto imagino algo para dizer, o outro se antecipa: Penso que tomar uma bica sob a chuva, seja uma bela imagem, mas somente se estivermos de chapéu, pois do contrário os pingos nos incomodariam os olhos. Contudo, gosto da sensação de molhado. Que lhe parece?

Não sei. Me sinto preso nessas roupas. Prefiro estar sem camisa ao sol.

Entendo.

...

...

Como é ser poeta?

Como já disse uma vez: *Os deuses são deuses porque não se pensam*. Não me penso poeta. Só sei que, no dia a dia, quando estou sóbrio, sou um bom cidadão.

...

...

Já sei, você não é o Pessoa.

Que queres que te diga? Sou um outro que também é ele. Mas isso não importa. Só guarda o que vou dizer-te. O poema de hoje é: *Não sei quantas almas tenho.*

Muito bem. E agora?

Agora o quê!? Não mandei provar das tripas. Que esperava comento um pedaço de intestino? És perturbado?

...

...

Isso tudo é um sonho?

Está mais para um delírio.

Demora a passar?

Não, termina agora.

Transição. De volta à cozinha, me observam.

Então, como é o nome do poema?, quer saber a senhora L.

Algo como: *Não sei quantas almas tenho.* É isso?

Gosto desse, opina o senhor T.

Foi publicado numa antologia recente. Uma colega fez a apresentação, esclarece a senhora.

E o poeta, passa bem?, quero saber.

O mestre agora descansa. É preciso que repouse, informa o senhor T.

Damo-nos adeus.

No largo, junto à bicicleta, Juju me interpela: Precisava mesmo comer das tripas?

Não sei, pareceu-me importante. Você nunca experimentou?

Não, gosto dele nas alturas. Tenho medo de perder o encanto. Além do mais, conheço bem os poetas: grandes homens, péssimos clientes. Sempre querem fiado. Alguns delicados e amigos, outros, maníacos de tirar sangue. Sabe o que mais? Esse assunto cansou. Vamos embora. Desce por aqui e vira à direita na Misericórdia.

A bruma toma as ruas. Vou lento e de olhos abertos. Haverá aqui um Jack, um daqueles que estripava? Estripador de moças como a bela perfumosa que sorri e indica os caminhos? Estranho. Tenho medo por ela.

Chove. O vento nos empurra aos frontões dos sobrados.

Larga tua máquina e vem comigo. Vamos sair da tormenta, clama Juju.

Mãos dadas, tomamos esquerda-direita, direita-esquerda, fugindo. Ela me puxa e, por vezes, na corrida, olha para mim e fala alguma coisa que não entendo, não escuto, ou sabe-se lá o que acontece, tal é meu alheamento. Somente acompanho o movimento dos lábios numa delícia secreta. Imagino o sabor de sua pele, oculta sob o vestido leve. Essa dona me transfigura, me desmancha. Ainda me salva.

Corte seco, não há mais chuva. A tempestade se foi. No alto, céu noturno. Caminhamos.

Pelas esquinas, a luz parca das lâmpadas a gás revela a decadência e o abandono do lugar.

Silêncio. Longas teias de aranha. Se um filhote desavisado entra no beco e se enrosca na armadilha. Acabou-se o filhote.

Adiante, um palácio. Do tempo do Marquês de Pombal[5], esclarece a bela. Subindo as escadas e cruzando o vestíbulo, chega-se a um pátio interno no coração do edifício.

Festa. Tremenda festa. Todos exibem o rubro do álcool na face. Risos e música. Muita gente.

Juju convida tomarmos parte do festim, indicando um canto isolado. O mesmo garçom da Praça do Comércio serve aos presentes. Traz o rosto enfaixado e as roupas respingadas pela carnificina de antes. Ao aproximarmo-nos, ele sentencia: Passado!

Passado é passado, Jacques, torna Juju, prontamente.

Muito bem. O que vai ser para vocês?

Bebida para dois. Destilada.

Onde foi parar o teu sotaque francês, Jacques?, caçoo.

Aqui não atendo turista, mané.

E eu, sou o que?

Você? Você não sabe de nada. E para comer?

Juju gargalha: De novo, não, Jacques. De novo, não.

Muito bem, diz o outro se afastando.

Vem aqui, meu bem. Deixe ver como estão as coisas, pede ela.

Sinto a mão gélida descer pela barriga, adentrar a calça e apalpar-me. Peço que me beije.

Finalmente o toque abissal: línguas que giram e giram sem fim.

Juju se afasta por um momento, olha-me nos olhos e sorri. Respondo com mais beijos.

Com licença. A bebida dos noivos, interrompe o garçom.

Merda, Jacques. Não podia esperar?

Se não interrompesse, haveria outro terremoto como o de cinquenta e cinco.

E é só o começo, prediz a nubente, roubando-me um beijo.

Um brinde, proponho.

Ao terramoto?

Ao terremoto.

Num trago a aguardente desce em cascata, curando-nos.

Que coisa é essa, Juju? Puro fogo.

Esquece, gajo! Dá cá tua boca.

Ao retornar às primícias, interrompe-nos o cozinheiro, ou pelo menos assim parece o homem trajando avental sujo e chapéu bufo, que pede a palavra e apresenta: Senhoras e senhores! *Ladies and gentlemen! Mesdames et messieurs!* É hora da moura do fado.

A orquestra entra e se acomoda. Soam as cordas de aço. Sob gritos e uma salva de palmas surge a esperada dama. Mulher alta, vazia de carnes e com um véu escuro a ocultar-lhe a face.

Diante o júbilo, a introdução se prolonga até a cantante levantar a mão esquerda. A resposta é imediata. Retiram-se gorros, baixam-se olhares. Todos calados: artistas, gigolôs, assassinos, putas, heréticos, fornicadores e ladrões. De antropófagos a penitentes, num gesto.

A mão baixa e se enlaça com a outra. A dama abre seu número, recitando do seu jeito uma frase conhecida: Velem, santos anjos. Velem comigo. Enterram-se os mortos e cuidam-se os vivos.

Logo, inicia o fado. Um lamento triste que discorre sobre o amor desfeito, o crime, a partida brusca, distâncias. Depois, o ocaso, o erro e o arrependimento. O tema se completa com a revelação de que, quando do desencontro, a influência perversa não foi outra que não a da falta de fé.

Os presentes devotam olhares chorosos à cantora que junto ao acorde derradeiro, num gesto ensaiado, ponto alto da performance, desvela o rosto para a comoção geral. Se à plateia, o contemplar da deformidade da face esquerda da mulher fomenta a empatia, a mim só acode o horror, a náusea.

Ela é nossa mártir gloriosa, informa minha acompanhante. O noivo descobriu-lhe a traição durante a boda e deitou-lhe vitríolo e escarros à cara, fugindo, a seguir, pra Espanha. Desde então ela canta pelo retorno do bandido.

A artista agradece os aplausos e sai de cena.

O rapaz da bateria chama com os tradicionais um-dois-três-quatro e todos vamos do céu ao inferno num piscar de olhos.

Os santinhos evaporam e os demônios tornam súbito. Do último anjo vão-se as asas, em chamas. Uma aureola rola pelo salão até unir-se às muitas outras no pulso da mulher barbada.

Quer agora?, oferece a bela.

É preciso beco, vão, escada. Porém, antes de levantar e sair em busca de um canto para a luxúria, dá-se o alvoroço.

Mundo em pânico. Todos choram e gemem como condenados: Médico! Médico! Médico!

O cozinheiro-apresentador torna ao salão, aflito: Um médico, pelo amor de Deus!

Quietude. Burburinho. Tumulto.

Ele, ele, ele, ele, ele, ele, ele, ele, ele, ele, dizem todos a apontar-me.

O homem se aproxima e clama em prantos: Venha doutor! Venha!

Procuro explicar o engano, mas é em vão. Me agarram e levam para o interior do prédio.

Muitas portas vão se abrindo para a passagem da comitiva. Tento reagir. Em resposta, agarram-me o pescoço e me conduzem com mais vigor.

Os brutamontes vestem preto. Na frente vai o *capo* com um chapéu de aba larga a esconder-lhe os olhos.

Por aqui, indica o outro, que se apresenta: Polícia do Estado! Viva Salazar[6]! Depois que o doutor atender à menina, preciso fazer-lhe umas perguntas.

Em pânico, me deixo levar até a porta estreita de um cômodo minúsculo embaixo de uma escada. Ato seguinte sou empurrado para dentro pelos gorilas que ficam à porta, cobrindo a boca e o nariz com lenços brancos.

Sofá, banqueta, cabideiro. Miséria. Quartinho fétido. Roupas sujas pelo chão. Lixo pelos cantos.

A paciente jaz enrolada num sobretudo esfarrapado.

Olho à volta. Nem buraco, nem vão; nenhuma janela. Onde a bicicleta para escapulir pelas ladeiras ensolaradas? Não há fuga possível. Só me resta assumir o papel de curandeiro e acalmar a turba.

Toco a moça: gelada. Sob a veste rota, um corpo esquálido. A ausculto: silêncio.

Morta, constato mais para mim que para os outros.

Pronto ranger de dentes, olhares injetados, baba raivosa. A pausa dramática segue até um velho de bigode conclamar: Ah, então é isso! Dúnia, largue de brinquedo com o homem e torne já para a função.

A garota abre os olhos, me observa um instante. Depois, levanta e sai com o bando.

O povo, animado, retorna ao salão de baile, num passar de mão à vontade.

Sozinho, respiro.

Nem eco nas galerias, quietude somente. Espero um pouco para voltar à festa. Meu peito ainda em rebuliço.

Enquanto deixo-me estar, observo o quartinho asqueroso. Salvo o já dito, não há outros móveis. Uma das paredes está coberta por uma cortina, ou algo assim, que no começo me passou desapercebida. Arrasto o pano e saltam frases notadas a giz sobre um quadro negro. A letra é débil, famélica. Escrita em tempos distintos, em cores de ocasião.

Segue pela estrada, esquece o campo.

Trabalha à vista dos outros.

Vive tua vida.

A palavra pode resgatar da sombra, mas isso é para os reis.

Não pense. A verdade das coisas é alheia a ti.

Cuide teus livros.

Não interpele.

Passo os olhos mais de uma vez nas frases dispostas na lousa. Reflito por um instante e então, usando da cortina, elimino aquela vaidade mal formulada.

Quero voltar para Juju, quero seus beijos e o que vem a seguir. Por que tudo tão fora de prumo? Em outro tempo gostava de saber sobre o encadeamento das coisas e seus desfechos. Mas agora, com o correr da bicicleta pelas vias de pedra e a rapariga da Rua do Ouro roçando minhas coxas, o que me foge dos lábios não é palavra garimpada, mas o cabível para a ocasião: Foda-se o mundo!

De volta ao salão, percebo que minha noivinha se foi. Antes que possa lamentar sua ausência, me aborda o chefe dos gorilas: Olá, doutor!

Não sou doutor.

Que importa se é ou não é o doutor. Para a maioria é o médico.

O que você quer?

Bem. É uma questão delicada. Um assunto íntimo. A organização para a qual trabalho tem para com o senhor interesses específicos, existenciais.

Vá direto ao assunto, por favor.

Gostaríamos de matá-lo. Se não se importa, é claro.

?

...

?

Matá-lo!

Matar-me?

Sim!

...

Calma! Não precisa ser agora. Podemos marcar para amanhã. Que tal?

Certo. Escute bem. Hoje não tenho interesse em sua proposta. Peço que me procure daqui uns cinquenta anos. Daí pode fazer o que quiser.

O outro sorri e, sem cerimônia, levanta para anunciar aos presentes: Atenção, pessoal! O doutor disse que daqui a cinquenta anos está bom. Nem antes, nem depois. Que lhes parece?

Primeiro despenca a risarada. Depois, lentamente, com o requentar do ódio, afloram os desejos da malta:

Enterrem vivo!

Queimem!

Vamos apedrejá-lo!

Enfoquem!

Atônito, levanto e confronto os traidores: Pessoal! Como é isso? Agora querem meu fim? Não ressuscitei a filha do cozinheiro como pediram?

Todos a queríamos morta, a puta, revela o homem do serviço secreto. Sabe do que mais? Gostei de ti. Vou contar até trinta e um. Depois vou caçá-lo e arrancar-lhe o fígado, complementa, apresentando uma lâmina medonha.

O salão inicia: Um, dois, três...

Melhor correr, recomenda o algoz com um olhar sardônico.

Penso se tratar de uma brincadeira. Deve ser. Alguém vai cair na gargalhada e revelar a farsa. Mas não, os olhares endurecem, evoluindo para máscaras perversas. Se havia alguma dúvida, ela se desfaz com a profusão das garras e dentes. Sem mais, disparo por escadarias, corredores, passagens de nível, cisternas, balcões, aquedutos e muralhas cobertas de hera. Rente à nuca, o eterno baforar da máquina de moer carne.

No limite, a salvação. Ao pular para um solário sou agarrado e puxado para debaixo de uma escada. Ato contínuo me abocanham os lábios e agarram-me o sexo.

As bestas se aproximam e vasculham o ar por um instante. Procuram medo. No entanto, só lhes chegam odores do enlace que precede o acasalamento. Estúpidas, se confundem, não sabem como se portar diante da paixão. Seu programa é simples: procurar e destruir. E como o ócio lhes é torturante, logo desaparecem por um acesso à direita em busca de outra vítima.

Sob os degraus, Juju retira seus lábios dos meus e observa a carreira da tropa.

Percebes que não estão a usar farda? Como vamos notar a diferença de agora em diante?, murmura, atônita.

Não entendo.

Não importa. Venha. Vamos tomar o eléctrico.

Seguindo o beco, logo chegamos à rua.

Sol a pino. Junto do passeio, a bicicleta nos espera. Num tapa, limpo o pó do banco: Prontinha!

Pronta como eu, confirma minha salvadora, sorrindo.

O bonde cresce, se avoluma e para. A porta abre. Musa, bicicleta e ciclista, nesta ordem, sobem as escadas em madeira e tomam acento no vagão solitário. A porta fecha.

O eléctrico se move sem guarda-freio ou cobrador.

Juju e eu sentamo-nos cada qual num lado do veículo para observar o casario.

Apartamentos, vivendas, palácios. Locais que abrigaram pessoas e comércios. Que assistiram celebrações e protegeram insurgentes. Que ocultaram amores e seus enlaces sobre panos que, depois de lavados, tremulam nas cordas dos pátios internos.

Tens o beijo doce, Juju, digo para a outra que não me atende. Perdida, olha o entorno e comenta ter feito ponto em tal lugar e morado acolá, numa hospedaria em que a dona lhe enganou e coisa e tal.

Absorta, mirando os dias, parece ainda mais sedutora. Me espanta a moça. Pareço conhecê-la desde sempre.

A próxima paragem é a nossa, diz-me.

Descemos e vamos lentos por ruas estreitas. Aos poucos tudo fica mais iluminado, aberto. Sobe-desce, sobe-desce, chegamos a uma praça de onde se pode ver o rio, o bairro e além.

Eu vinha sempre aqui, no miradouro da santa, pra tomar sol e rezar.

Rezar?

Sim, rezar. Mesmo as putas rezam, não sabia?

Se as putas rezam ou não rezam não tenho como saber. Sei de mim. Fecho os olhos e levanto a cabeça para sentir o sol no rosto e ouvir os conselhos que o vento sopra: Vive o agora. Medita sobre o instante.

Em resposta torno algo imbecil: Como foi que entrou nessa vida, Juju?

Éramos várias, todas meninas. Umas mais velhas, outras mais novas. Eu a do meio. Vivíamos na parte de baixo de um sobrado na antiga Rua da Verónica. Meu pai foi mascate, minha mãe costureira. O pouco tempo que ficava em casa o pai bebia e nos surrava. Feias, dizia, merecem apanhar na cara. Nunca passarão de costureiras gordas e idiotas. Nunca serão nada. A mãe, toda torta sobre a costura, sempre calada. Um dia, veio a notícia: o pai morrera em viagem numa vila perto de Faro. Sobre meu pai é isso. Passou um tempo e morreu minha mãe. Deixando as agulhas, as linhas e os retalhos, cada qual em sua caixa. Sobre minha mãe é isso. As meninas foram divididas pra servir nas casas dos parentes. Eu tinha treze anos e fui trabalhar na casa da tia Afonsa. A megera me acolheu num canto da lavanderia. Não reclamei. Era um teto e eu podia comer. Trabalhava na casa, ajudando a criada, limpando e lavando. Haviam dois primos, que não demoraram a se acercar de mim. Tínhamos a mesma idade.

Juju ri. Olha a vista. Fecha os olhos por um instante e retoma em doce melancolia: Jerónimo e Francisco foram meus primeiros amantes. Ah, bendito tempo açucarado. Quantas podem dizer o mesmo da primeira vez? Mas tudo que é bom, dura pouco. O padrasto dos meninos era um homem quieto, bem quisto na freguesia. Tinha modos calmos e elegantes, como muitos que conheci depois. Ai, que estes são os piores! Ele só me olhava. Uma noite visitou a lavanderia. Fez com eles, faz comigo, disse. O restante já se sabe. A tia Afonsa logo descobriu o que se passava sob seu teto. Reuniu meus pertences numa trouxa, colocou três moedas entre os panos e me levou pela mão até a Rua do Ouro. Aqui é sua nova casa, menina. Toma tua herança e tenha uma boa vida, disse virando as costas e indo embora. Aos quatorze anos eu já era livre pra vagar e sofrer. A primeira gerente de bordel que cruzou-me o caminho já propôs negócio. Embonecaram-me, ensinaram-me o que fazer, o que dizer, como portar-me e assim por diante. Virei uma comerciante de mim mesma. Era minha sina. Nascia a Juju da Rua do Ouro, meu nome de origem esqueci. Foram mais de dez anos pelas ruas. O marido de minha tia chegou a ser conselheiro da corte. Meus primos tornaram-se clientes, anos depois, mas eram outros. A doçura desaparecera, restando-lhes só a empáfia dos homens sérios. Minhas irmãs perderam-se também. As que não morreram de febre e fome, a noite abraçou. Tive sorte.

Juju fica ali parada, sentindo o sol na pele. Faço o mesmo e ficamos os dois, assim, para sempre.

Mais tarde, um cutucar divertido pelo corpo me resgata da letargia.

Está na hora. Vamos pegar o elétrico, seu curioso. Tenho uma dívida contigo. Não se pode fazer na rua. Olha o chefe da milícia, diz minha acompanhante num gracejo marcial.

Saindo do transe, miro o bairro e o rio um minuto mais. Partimos.

É aqui. Cemitério dos Prazeres, freguesia da Juju da Rua do Ouro, diz a outra, a gargalhar.

À nossa frente um portal encardido.

Tudo é engraçado para você, Juju?

Nem tudo. Mas nada é muito sério.

Acho que somos um o avesso do outro. Para mim quase nada tem graça. Tudo é muito sério.

Sim, sim. Senhor muito sério. E as ampulhetas voadoras ali sobre o portal, não dizem nada?

Não entendo nada disso, Juju.

Ai, meu Deus! A ignorância ainda vai salvar o mundo. Agora toma à frente, gajo. É hora de passear entre os mortos.

Seguimos pelas longas avenidas, admirando as tumbas, os mausoléus e as fileiras de Ciprestes.

O ambiente é diáfano, os epitáfios, lacrimosos. Terreno alto, com sol e vento. Lugar arejado, bela vista do estuário. Cemitérios são cidades espelhadas. Alguns melhor projetados que as cidades dos vivos.

Onde é sua casa?

Por aqui, diz ela, indicando uma ala cinzenta com árvores de raízes grossas e copas frondosas.

É aquela alta em forma de capela. O mausoléu da peste. Primeiro estive nos fundos de uma igreja, depois trouxeram-me pra cá junto com os outros. Desde então, aqui estou.

Vamos entrar?

Não tem nada lá.

...

Nada.

...

Vazio, escuridão. Silêncio movediço.

Há paz?

Paz? Não. No vazio não há nada.

...

Não há nada. Nada mesmo.

...

...

Estranho. Me fizeram acreditar em algum tipo de resposta, mas se não há nada, não há resposta. É como uma viagem interrompida.

Não há viagem. Não há nada. É assim. Simplesmente.

...

A culpa foi da água suja da cidade. Nós a bebíamos, porque tínhamos sede, é obvio. Logo após sentíamos câimbras. Os gordos ficavam magros e os magros esqueléticos. Olhos fundos, perdidos. Cansaço. No fim, nem voz. Faces azuis jogadas na sarjeta. A última viagem, numa carroça. Íamos empilhados. Azuis e empilhados. Mas foi há tanto tempo. Que importa isso agora que estamos novamente sob o céu? É uma benção estar aqui de novo. Me beija?

Prontamente a tomo nos braços. De olhos fechados, a plenitude de um beijo frenético.

Venha! É hora!, diz ela, indicando um vão entre as criptas.

Entramos pelo corredor estreito e, descendo dois lances de escada, chegamos a uma câmara subterrânea iluminada por pequenas claraboias. Sob a luz, de um lado, bancada em madeira com diversos objetos e acessórios, do outro, console de pedra com um vaso repleto de rosas vermelhas, vivas. Atrás das flores, na parede, uma cruz.

Confia?, quer saber a bela, se acercando da bancada de madeira.

Confio.

A moça me segura pelo braço e prende no meu pulso uma algema antiga.

É preciso?

Sim. Vamos tomar um atalho e podemos nos perder, esclarece, atando-se com a algema restante.

Despachada, ela acende uma tocha e indica o caminho.

Vamos?

Vamos.

Destino: centro da terra. A cada passo, um novo par de olhos nos observa. Não bastasse o delírio reinante, eis que dedos passam a brincar com meus cabelos. Olho em volta, ninguém.

Balbucio qualquer coisa, ao que Juju me puxa pelo grilhão como quem grita: Cala tua boca, animal!

Diante do quadro só me resta seguir manso.

Finalmente a galeria principal. Um corredor pouco mais alto e largo que as escadarias, mas cáustico da mesma forma. O ar que se respira é um bafio quente e úmido.

Dedos a passar nos meus cabelos não são novidade, mas agora tocam-me o rosto, o pescoço e as costas. Observo os cabelos de Juju esvoaçarem com o brinquedo dos fantasmas. Ela se vira, olha diretamente em meus olhos e fala só com os lábios, sem emitir som: Estamos embaixo do talhão dos órfãos.

Eu assinto com um leve movimento de cabeça.

Marchamos adiante, indiferentes aos toques. Então, esses desaparecem por algumas dezenas de metros para retornarem outros, mais intensos.

Eis que me dão um belisco no braço. Aguento firme. Fico calado, quieto. Juju para, me olha, e repete o ritual da fala muda: Quando eu mandar, dispara.

Eu concordo.

Os dedos, antes delicados, agora, fortes e lascivos. De repente, tapa na cara. Percebo o mesmo acontecer com Juju.

Mantemos silêncio. Novos tapas. Então, um soco no meu ombro. Aguento firme.

A senha para disparamos é a alça do vestido de minha companheira sendo puxada violentamente.

Agora!

Trancos e pontapés. Querem um massacre. Com a disparada, a luz da tocha vai diminuindo, diminuindo até eu não mais a divisar, salvo como um ponto azul distante. Só não desisto por sentir a determinação da moça a puxar-me pela algema.

Uns cinquenta metros à frente, os malditos invisíveis deixam de nos agredir. Então, diminuímos o ritmo e nossa tocha volta a iluminar o entorno. Mesmo assim, por segurança, seguimos a passo rápido.

O que foi isso, meu Deus?

A bela acha graça do meu desamparo: Os primeiros fantasmas, são dos órfãos da cidade. Anjinhos. O outros são dos filhos da revolta. Junto ao fim do cemitério, ficam as catacumbas do estado. Lá foram sepultados os que morreram nos calabouços, nas prisões e nos asilos de loucos. Também os massacrados pelo povo e os enforcados pela justiça. É sempre uma confusão passar embaixo deles porque só conheceram a dor e o sofrimento. É natural que se revoltem. Mas agora está tudo bem. Vamos em frente.

Pelo caminho, longo e tedioso, Juju me conta alguns segredos da cidade. Entre eles, o da construção dos túneis por que passamos: Foram cavados na rocha pra captar a água, pra deslocar soldados e pro trânsito dos amantes. Por estas galerias vai-se a qualquer lugar em Lisboa. É só conhecer as entradas e as saídas, diz ela.

Mais tarde, aos poucos, o ar se torna fresco e passamos a ouvir rumores da superfície: alguém a cantar e tocar guitarra, gritos de uma vendedora de sardinhas, tropel de cavalos e carruagens, um apito, longo e grave.

Um trem?

Não, gajo. Um navio. Não percebes o cheiro da maresia?

Logo, saímos do túnel para um salão com armas e brasões entalhados nas paredes e nas junções do teto. O local está vazio. Juju apaga a tocha e a coloca num anteparo. A seguir, nos liberta das algemas.

Sigo até uma das vigias e, por ela, observo um panorama belo e inusitado, onde rio e mar se confundem.

Onde estamos, afinal?

Valha-me, São Vicente! Que homem mais curioso. É uma torre sobre as águas, um recanto pra espiar os inimigos. Mas também um local de festa, nossa festa. Por aqui, diz ela, a empurrar uma porta, pela qual entramos.

Serena, a moça acende as velas dispostas pelo recinto, um canto disforme com teto baixo e piso coberto de palha. Nas paredes, barris de espera e garrafas deitadas umas sobre as outras. Penso que não poderia haver lugar melhor.

Juju termina com as velas e fecha a porta. Finalmente à sós, sem correrias e desventuras. Nos olhamos e sorrimos uma eternidade. Eu a contemplo e agradeço. Estar ali é só o que importa.

É hora, gajo. Só ama, esquece o mundo, sibila a outra.

Caem os panos, as peles se tocam. Seguem-se beijos, amassos e puxar de cabelos. Dedos zelosos penetram grotas úmidas que cativam membros tesos a entrar por fendas insanas como as línguas que rompem as bocas e inundam os tímpanos em busca de prazeres tão indecentes como a força empregada no martelar seco dos corpos sobre as caixas engradadas com seus tantos frascos de gargalo longo querendo participar do enlace explosivo que se dá.

Morto, me refaço na escuridão da adega. O torso nu toca o chão bruto. Sangue nas paredes, nas garrafas, nas caixas. Sangue por todo lado.

Louco, louco, louco, escuto de minha parceira nua a entrar no cômodo empurrando um espelho que serve corpo inteiro.

Levanto e contemplo a imagem refletida no cristal: homem coberto de humores secos.

A moça sorri: Era isso mesmo que queria?

Confirmo com um lento e despreocupado movimento de cabeça.

É bom estar vivo?

É bom.

Reparo no sangue venoso a escorrer-me do sexo.

Daqui a pouco estanca, diz a eleita.

...

Juju sai para, em seguida, tornar com uma bacia esmaltada e água morna.

Primeiro as mãos e o rosto, sugere.

Lavo-me conforme a prescrição. Depois é a vez dos cabelos, do peito, dos braços e todo o resto. Juju me auxilia onde não alcanço.

A água na bacia não se tinge em momento algum. Permanece cristalina. Não entendo, mas que importa? É só mais um milagre.

Limpo do sangue e das sujidades, visto branco e me admiro no espelho. O tempo é o tempo. Não sou mais aquele rapaz airoso. Mas também falta muito para um velho caquético.

Meia-vida? Quem garante?, questiono, mirando-me nos olhos e sorrindo.

Vá na frente, pede a outra. Preciso deixar tudo como estava. Sobe as escadas e aguarda-me no terraço.

Obedeço a mulher.

Sob o sol, beira-rio, no alto da torre de menagem, contemplo a vista. No horizonte, à esquerda a ponte suspensa. À direita, o mar. Em frente, outra terra portuguesa.

A dona chega de mansinho e se aninha no meu ombro. Traz com ela o odor das flores e incensos que tanto gosto. Como é bom estar ao seu lado. Viro-me e toco seus lábios com os meus, segurando-lhe as mãos graciosas. O ardor se transmuta em palavras: Você é a glória, Juju. Daqui a pouco tudo acaba. Quero te olhar bem para depois lembrar da tua face e do teu corpo.

Me olha, gajo. Me olha.

Não era daqui que partiam as naus?

Sim, mas agora não há mais barcos, nem velas, nem nada. Só as faluas a levar gente daqui pras outras margens.

...

...

Lá ao fundo, vê?

A fumaça branca?

Sim. É a barca do Novo Mundo.

Vai voltar?

Não sei. Gosto daqui. Gosto de me sentir estrangeiro.

...

Quem sabe uma última volta?

Fixe! Só que agora pros lados de Beja. Conhece a Sé de Lisboa?

Não.

Então vamos pela Avenida Brasília até a Infante Dom Henrique, pegamos a Arameiros, depois ziguezague e passamos em frente da igreja.

Animados, cruzamos o terraço do baluarte e os salões abobadados com suas peças de artilharia. Porém, ao atravessar os jardins da torre nos damos conta de ter deixado a bicicleta no cemitério.

E agora?

Agora vem comigo, digo puxando Juju pela mão numa corrida mercúria pelas praças e cafés do arrabalde em busca de uma vítima indefesa.

Procura que procura até que acho: Não te disse. Olha só, sem cadeado.

Vais roubar?

E porque não?

Ai, ai. Não quero acabar na mão dos bófias.

Está comigo, está com Deus, Juju. Sobe, mas senta no cano que a garupa é perigosa.

Ela sorri, já conhece o ardil. Então, monta, se vira e me beija: Não pensa em nada.

Força nos pedais. Carreira infinita.

Notas:

1. Dom Sebastião: Sebastião I, "o Desejado" (Lisboa, 20/01/1554 – Alcácer-Quibir, 4/08/1578) foi rei de Portugal no período de 1557 até 1578. Seu desaparecimento na batalha de Alcácer-Quibir, no Marrocos, levou a formação do "sebastianismo", movimento messiânico que teve reflexos em Portugal e no Brasil.
2. Dom Nuno: Nuno Álvares Pereira, o "Santo Condestável", ou ainda, São Nuno de Santa Maria (Cernache do Bonjardim, 24/06/1360 – Lisboa, 1º/11/1431) foi um nobre, militar e religioso português do século XIV.
3. Salgueiro Maia: Fernando José Salgueiro Maia (Castelo de Vide, 1º/07/1944 – Lisboa, 4/04/1992) foi um dos capitães que conduziu as forças revolucioná-

rias durante a Revolução dos Cravos (25/04/1974), que marcou o fim do Estado Novo em Portugal.

4. Mulei Maluco: Abu Maruane Abedal Maleque I (1541 - 4/08/1578) foi Sultão de Marrocos de 1576 a 1578, morto na batalha de Alcácer-Quibir.
5. Marquês de Pombal: Sebastião José de Carvalho e Melo (Lisboa, 13/05/1699 – Pombal, 8/05/1782) foi um nobre, diplomata e estadista português, tendo grande relevo na renovação arquitetônica de Lisboa, após o terremoto de 1755.
6. Salazar: António de Oliveira Salazar (Santa Comba Dão, 28/04/1889 – Lisboa, 27/07/1970) foi um autocrata nacionalista português, presidente do Conselho de Ministros do Estado Novo e catedrático da Universidade de Coimbra.

Papel **Pólen Bold 90g/m²**
Fontes **Georgia 6**, **8** e **12,5** e **Lot 28**
Impresso no **Outono/2024**